reinhardt

Tobias Ehrenbold | Text

Raphael Gschwind | Bilder

Jonas Hoskyn | Redaktion

Eine Basler Geschichte, 1921–2021

Die Farben dieser Stadt

Friedrich Reinhardt Verlag

Basel mit anderen Augen sehen.

Diese Erfahrung wünsche ich allen Leserinnen und Lesern dieses schönen Buches, das Sie in den Händen halten. Täglich laufen wir durch unsere Stadt und nehmen gar nicht wahr, welche Geschichten sich hinter vertrauten Fassaden verbergen. Wir vergessen, wie sehr sich Basel über die vergangenen Jahrzehnte hinweg verändert hat. Im Rhein baden? Vor fünfzig Jahren noch undenkbar, die erste Abwasserreinigungsanlage wurde erst in den 70er-Jahren gebaut. Eine sichtbare Grenze zu Frankreich? Anfangs 20. Jahrhundert noch kein Thema, sondern erst anlässlich des Ersten Weltkriegs. Dafür gab es Kutschen und Schlösser. Und natürlich die frühen Wurzeln des heutigen Wohlstands der Stadt Basel, die Farbindustrie.

Als Historikerin bin ich überzeugt: Die Vergangenheit zu kennen bedeutet auch immer, die Gegenwart besser zu verstehen. Und darauf aufbauend überlegtere Entscheidungen für die Zukunft treffen zu können. Diese Vermittlungsarbeit darf ruhig auch spielerisch geschehen. Ist Geschichte weniger exakt, weniger bedeutsam, wenn sie mit fiktiven Lebensgeschichten erzählt wird? Ich denke nicht. Es sind Wege gefragt, wie man Geschichte lebendig und damit zugänglich für alle machen kann. Wir müssen den Mut aufbringen, den Menschen die Vergangenheit auf eine Art und Weise nahe zu bringen, dass es Lust auf mehr macht. Zusammenhänge statt Jahreszahlen. Geschichten, die in Erinnerung bleiben, statt abstrakte Konzepte. Weniger Helden, mehr Menschen wie Sie und ich.

Ich danke den Machern dieses Buches, dass sie den Mut hatten, eine andere Art von Geschichte über Basel zu schreiben. Mit grosser Sorgfalt lassen sie uns über ihre Figur Max Streuli die vergangenen hundert Jahre erleben. Ein Mensch wie viele andere zu dieser Zeit. Aufgewachsen in einfachen Verhältnissen, schafft er es, bei der «Chemischen» Karriere zu machen. Wir leiden und freuen uns mit ihm, über grosse Ereignisse wie die Fusion der Chemiefirmen oder kleine Ereignisse wie die erste grosse Liebe. Das Vergangene wird so vor unseren Augen lebendig – und lässt uns das heutige Basel in neuen Facetten erscheinen.

Esther Keller
Regierungsrätin Basel-Stadt

1920er
Eine Kindheit zwischen Klybeck und Kleinhüningen

Vom Vater habe ich den Namen, Mini-Max

Das Basel meiner Kindheit lag zwischen dem Ausland, dem Fluss und den Toten. Von der Landesgrenze bis zum Gottesacker Horburg, keinen Meter weiter. Hier habe ich mich rumgetrieben, den Rest habe ich später entdeckt. Peu à peu, erst nach meinem zehnten Geburtstag.

Mama und ich wohnten in der Mansarde über Leo und Rosa. Von Rosa später mehr. Sie sagte einmal, sie liebe mich, aber dazu komme ich noch. Ihr Bruder war mein bester Freund, schon immer.

Leo war zwar nicht viel älter, und trotzdem lag eine klare Altersgrenze zwischen uns. Er war ein 20er, ich ein 21er. Um den Jahrgang habe ich ihn beneidet. Leo hatte einen Vorsprung, ganz eindeutig. Manchmal sagte er auch Sätze, die ich nicht verstanden habe.

Die Polizisten zum Beispiel, die nannte er «Schläger der Bourgeoisie», und in den Fabriken, da rauchten «Schlote für das Grosskapital».

Was das wohl sein mochte? Das «Gross-kapital»? Die «Bur-schua-sii»?

Das habe ich Leo natürlich nicht gefragt. Ich war ja nicht dumm.

Diese Worte und Sätze kamen von den Erwachsenen. Sicher vom Vater, ein hagerer Typ, dem die Hälfte eines Schneidezahns fehlte. Zwei Soldaten hätten ihn festgehalten, ein anderer mit aller Kraft zugeschlagen, prahlte Leo einmal. Den halben Zahn und das Blut habe Papa dem Sauhund dann ins Gesicht gespuckt. «Aber pssst!», zischte mich Leo an, nachdem er mir alles erzählt hatte, was er vom Sommer 1919 erfahren hatte. Kurz vor meiner Geburt war in Basel Generalstreik, fünf Genossen sind gestorben.

Das mit dem Zahn, das durften die in der Fabrik natürlich nicht wissen. Leos Vater arbeitete bei der Ciba, gegenüber dem Friedhof, also genau dort, wo die Welt meiner Kindheit angefangen hat oder geendet, je nach Perspektive.

Was hinter den Fabrikmauern und Porten gemacht wurde, das hab ich mir damals in meinem kleinen Kopf zusammengereimt. Alles bei der Ciba beobachtete ich genau: die blauen Uniformen, die Farbspuren an Händen und Gesichtern, der feine Zwirn an den Herren, die im Automobil vorfuhren, die Farbfahnen im Rhein, mal grün, mal rot, mal gelb, und dann war da noch der Duft nach Chemie. Der war immer da, manchmal roch es süsslich, oft stechend.

In unserem Block hatte es viele Kinder. Die Eltern waren Putzfrauen, Färber, Hafenarbeiter, Wäscherinnen, was man halt so machte im Quartier. Sonderbar war eine Bewohnerin im Erdgeschoss, wir nannten sie das Fräulein aus gutem Haus. Sie ist eingezogen, als ich fünf oder sechs war.

Das Fräulein aus gutem Haus war dann bei der Ulme aktiv. Zusammen mit dem Arzt und anderen sozial gesinnten Bürgerinnen richteten sie das alte Schlösschen Klybeck her. Dort konnten die Menschen aus dem Quartier hin, singen, reden, basteln. Mama und ich waren regelmässig da, es hatte auch eine Bibliothek; alte, gebrauchte Bücher. Ich erinnere mich an die Reime von Wilhelm Busch. Das Fräulein half uns auch sonst, mit Kleidern und manchmal auch mit Brot, wenn es knapp war. Mir hat sie einmal eine Kostbarkeit geschenkt, eine Orange.

Dieser falschen Hexe traue er nicht über den Weg, meinte Leo, als ich ihm das Geschenk zeigte.

«Sei still», sagte ich und steckte die Orange wieder ein.

«Kennst sie doch gar nicht, plapperst nur nach.»

Schweigend passierten wir das Schlösschen, die Actienmühle, die Spelunken, wo mancher Nachbar seinen Lohn versoffen hat.

Bei der Wiese war ich die Stimmung leid, auf der Brücke zog ich das Tempo an und rief: «Fang mi doch, du Hoseloch!»

Kurz vor den ersten Häusern Kleinhüningens hatte er mich eingeholt. Mein Freund riss mich nieder. «Hösch», lachte er, «gib sie her, die verdammte Frucht, hösch!»

Ich löste mich, trottete weiter, balancierte die Orange kurz auf dem Handrücken, liess sie wieder verschwinden.

«Hex, hex», sagte ich und machte eine lange Nase.

Kleinhüningen war unser Eldorado, ein Ort voller Widersprüche und Wunder. Ich fühlte mich gekränkt, als ich später, inzwischen erwachsen und einigermassen erfolgreich unterwegs, bei Theobald Baerwart ein altes Kindersprüchlein gelesen habe: «Basel isch e scheeni Stadt, Glaihynige-n-isch e Bättelsagg.»

Als ich klein war, gab es dort noch Fischer und Bauern, die Häuschen hatten hohe Giebel, lottrige Schöpfe, an manchem hing ein Fischernetz, an den Ecken Misthaufen und mageres Vieh. Doch diese Welt war am Verschwinden.

Nördlich der Wiese kam hin, was sonst nirgends Platz hatte: Lagerhallen, das Hafenbecken, die Gaskokerei, über die eine Zeitschrift schrieb: «Nirgends kommt man deutlicher zum Bewusstsein, dass die Maschine unser Zeitalter beherrscht, wie in diesem neuen Gaswerk.»

Die Kohle kam aus dem Saarland und dem Ruhrgebiet nach Basel, sogar aus England. Daraus entzogen sie Energie für die Stadt: Gas, Ammoniak, Steinkohlenteer, Letzteres ein wichtiger Rohstoff für die chemische Industrie, die damals an die Spitze der Basler Wirtschaft getreten ist. Auch das, ohne dass ich es bemerkt hätte. Es war eine stille Wachablösung, die in meinem Viertel schliesslich neue Verhältnisse schuf. Als ich Kind war, lagen da noch die grossen Textilfärbereien von Schetty und Clavel & Lindmeyer, zwanzig Jahre später hatte ihnen die Ciba das Land abgekauft.

Man sagte es nicht laut, aber es war so: Basel war nach dem Ersten Weltkrieg nicht mehr die Stadt der Seide, sondern der Chemie.

Leo und ich hielten bei einer Baustelle an der Neuhausstrasse. An deren Ende lag ein himmeltrauriger Fleck Erde, direkt vor der Grenze Otterbach. Im «Negerdörfli» lebten sie primitiv wie die fremden Völker, die damals im Zolli zu sehen waren. Das sagten auch Leo und ich, die wir nie im Zolli waren, geschweige denn in Afrika, im Orient oder sonst irgendwo. Auf jeden Fall haben wir die dort gemieden.

Mit der kostbaren Orange im Sack liefen Leo und ich an der «Krone» im Dorfzentrum vorbei. Bei einer weiteren Baustelle krallte er sich eine Flasche, die einer mindestens halbvoll hatte stehen lassen.

«Nach dem Feierabendbier die Revolution», grinste Leo.

Wir schlichen zum Hafenbecken mit dem mächtigen Getreidesilo, zurück über die Wiese, hinunter an das Ufer des Rheins. Dort teilten wir unsere Beute.

Das erste Bier meines Lebens war bitter, die Orange sauer. Verboten schmeckte beides, es tat uns wohl.

«Was ist das überhaupt, die Revolution?», fragte ich Leo.

«Weiss nicht recht», gestand mein Freund.

«Sicher etwas Gutes, Papi glaubt fest daran.»

Ich zupfte die letzten beiden Schnitze voneinander. Vor unserer Nase floss das Wasser schwer.

Damals wusste ich noch nicht, dass Vater in diesem verdammten Fluss sein Leben gelassen hat. Mama sagte es erst, als sie alt war. Die Kündigung habe den lieben Papa geknickt, ohne Arbeit, da sei man doch nichts wert. Vom Vater habe ich den Namen. Er habe mich den Mini-Max genannt, sagte Mama noch.

Am ersten Tag des Jahres 1923 hatten sie ihn aus dem Rhein gefischt.

1930er

**Max begegnet
der Hitlerjugend und
der schönsten Genossin
des «Roten Basels»**

Der rote Sommer mit Rosa

Am 1. Mai 1935 habe ich mich verliebt. Kopflos, wie in einem schlechten Film. Ein frischer Wind wehte an diesem Morgen, der Himmel war klar. Auch Leo strahlte, wir liefen die Klybeckstrasse hinauf, eine grosse Sache lag in der Luft. Kurz vor der Kaserne kauften wir einen Maibändel, die Genossinnen und Genossen waren bereits in Scharen unterwegs.

«Schau, da, deine Schwester», sagte ich und zeigte in Richtung Volkshaus.

Rosa stand am Schluss des ersten Zugs, bei den Frauen. Auf Transparenten forderten sie Gleichberechtigung und internationale Solidarität. Sie sah uns, dann rannte sie los. Seltsam war das für sie, für Leos Schwester, für Rosa mit den roten Locken, die sonst zu allem irgendwie Abstand hielt.

Jetzt steuerte sie mich an. Mich, nicht ihren Bruder.

«Max, Max», rief sie.

Mir fiel sie um den Hals, nicht Leo oder irgendeinem anderen. Seltsam war das.

«So schön, dass du da bist.»

Dann huschte sie zurück. Ich errötete.

Alles zog an mir vorbei: vorne die Radfahrer mit ihrem lauten Klingeln, dann ein Fahnenmeer, die Jungkommunisten und Jungsozialisten, eintausend Arbeitersportler, die Frauen, die Beamten, zum Schluss die Fabrik- und Bauarbeiter, dazwischen Parolen und Marschmusik.

Ich war weit weg, in Gedanken, bei Rosa. Warum kam sie ausgerechnet zu mir? War das ein Kuss, den ich gespürt habe, zwischen Ohr und Wange?

Erstmals seit ich auf der Welt war, hatte die Linke an diesem Tag gemeinsam gefeiert. Erst vor wenigen Wochen war Basel zu einem roten Kanton geworden, dem zweiten nach Genf. Auch der Vater von Leo und Rosa wählte in diesem denkwürdigen Jahr jene, die er früher «Sozialfaschisten» geschimpft hatte. Die Stimmen der Kommunisten hatten der SP die Mehrheit in der Regierung gebracht.

Rosa habe ich nicht mehr gesehen am Tag des internationalen Proletariats. Nicht an der Hammerstrasse, nicht an der Eisengasse, nicht auf dem Marktplatz, den schliesslich 12000 Menschen füllten.

«Ein Sieg des Einheitswillens der Basler Arbeiterklasse», schrieb der kommunistische «Basler Vorwärts» am kommenden Tag auf der Titelseite. Für mich folgten Wochen der Zerstreuung, der Haltlosigkeit.

Ich habe mitgezählt: Zehn Mal habe ich Rosa draussen gesehen, vier Mal in unserem Treppenhaus.

Wir nickten uns bloss zu, sie wechselte kein Wort mit mir. Dann kam dieser eine Samstag, die Fortsetzung meiner sentimentalen Erziehung.

An diesem Samstag haben wir die kleinen Nazis in die Flucht geschlagen. Ja, auch bei uns hatte es Nazis. Der Schuhmacher um die Ecke war einer, also ein Fröntler; er hasste die Juden, wünschte sich einen Hitler für die Schweiz.

Der Führer wurde auch von solchen bewundert, die etwas zu sagen hatten in der Stadt, aber sie schwiegen. Laut und selbstsicher trat dagegen die Ortsgruppe der NSDAP auf. Damals lebten viele Deutsche in Basel. Auch in meiner Schule hatte es solche, die behaupteten, nach Österreich werde Hitler bald die Schweiz in das Deutsche Reich aufnehmen.

Einige von ihnen trafen sich samstags beim Pumpwerk in den Langen Erlen. Dort ertüchtigte sich die Hitlerjugend und der Bund deutscher Mädel. Sie taten es am Rande der Stadt, an der Grenze zu Deutschland. Sie taten es für den Führer, den wir so sehr fürchteten, dass wir ihn verspottet haben.

«Sauschwobe», haben wir ihnen zugerufen.

«Ihr werdet schon sehen», tönte es zurück. «Sieg Heil!»

So hätte es kommen können. Aber an diesem Samstag waren wir mehr.

Ich hatte einen Stock in der Hand, die Spitze hatte ich mit einem Messer geschärft. Eine Schar aus dem Matthäus kam angerannt, einer warf einen Stein, knapp an einem Kopf vorbei. Daraufhin zerstreuten sie sich. Leo und die anderen rannten hinterher, johlend.

Mich hielt jemand zurück, am Oberarm spürte ich ihre Hand. Wir blieben stehen, Rosa und ich. Sie lief los, ich mit, still. Alles kribbelte, alles war wie neu.

Auf einem Feld sind wir abgesessen, liegen geblieben. Etwas kroch über mein Knie, in die Gräser und Blüten mischte sich der Duft ihrer Marocaine Vautier.

«Max, wir schaffen das.» Rosa zog und hielt die Luft an. «Wir sind tapfer, unverzagt und lächelnd – trotz alledem.»

Das hatte auch ihre Namensvetterin, die grosse Luxemburg, einmal gesagt, habe ich später gelesen. Dann entliess Rosa den Rauch. Sie lächelte.

Es folgten Wochen wie im Traum, mit ihr, der schönsten Genossin des roten Basels. Doch dann hat ein anderes Leben begonnen. Eines, von dem Mama sagte, es sei ein besseres Leben. An einem Abend kam sie früher heim als sonst. An einem Finger trug sie einen schmalen Ring, den ich noch nie an ihr gesehen hatte. So etwas Edles hatte ich noch nie gesehen in unserer schäbigen Mansarde.

«Wir können uns so glücklich schätzen», sagte sie mit ernstem Gesicht.

Mama hatte geheiratet, ohne es mir anzukündigen. Er heisse Herr Küttel, berichtete sie. Er sei ein anständiger Mann, ein echter Christ, Buchhalter bei der Ciba. Wenn ich mitmache und mich bewähre, so werde Herr Küttel ein gutes Wort einlegen bei seinem Arbeitgeber. Die Schulzeit sei ja bald vorbei.

Das waren Argumente, die ich verstanden habe, bereits mit meinen vierzehn Jahren, wenigstens im Ansatz. Es war Weltwirtschaftskrise, vor dem neuen Arbeitsamt an der Utengasse standen sie Schlange. Seit 1930 hatte sich die Arbeitslosigkeit verfünffacht in Basel.

Herr Küttel kam mit dem Drämmli. Ein kleiner Mann mit Schnauzer und weichen Händen. Frühmorgens sind wir mit ihm über die Dreirosenbrücke, die uns 1934 einen neuen Weg über den Rhein eröffnet hatte.

So habe ich das Klybeck verlassen. Heimlich, feige, rüber ins Grossbasel, an die Austrasse, weg aus dem Arbeiterviertel, hinein in die kleine Bourgeoisie, wie mein Freund Leo gehöhnt hätte. Aber ich habe ihm nichts von unserem neuen Glück erzählt.

Die Wohnung von Herrn Küttel war geheizt und hatte Elektrisch, fliessend Wasser. Purer Luxus im Vergleich zur Mietskaserne im Klybeck. Mama machte den Haushalt, sie musste jetzt nicht mehr jede Arbeit annehmen, um irgendwie über die Runden zu kommen.

Sie solle doch einfach ein «Dîner Roco» machen, damit sie noch etwas in der Heiligen Schrift lesen könne, sagte ihr Herr Küttel einmal. Es gab dann Sauerbraten mit Eierhörnli, fix und fertig aus der Rorschacher Conserve. «Ro-Co zur Feier des Tages», sagte Mama. «Ä Guete, Felix und Max.» Herr Küttel lächelte, ich nickte.

Mama und ich sind Katholiken geworden, Teil der Pfarrei St. Anton, das war jetzt halt so. Über unsere gigantische Betonkirche spöttelten viele, sie sei einmalig hässlich und unglaublich trostlos. Man nannte sie das Seelensilo. Da passe ich hin, dachte ich. Während des Gottesdiensts dämmerte ich im Farbenspiel der Gläser vor mich hin, die Predigt erreichte mich nicht. Meine Gedanken trugen mich über den Rhein, oft zu Leo und immer zu Rosa.

Lag sie gerade an der Wiese, mit einem anderen, Arm in Arm, rauchend und vergnügt?

Solche Bilder haben mich verfolgt. In meinem Zimmer habe ich in das Kissen gebissen, die Decke über mich gezogen, in mich hinein gebrüllt. Niemand hat mich gehört, ganz sicher nicht. So war das mit meinem guten neuen Leben. Ich habe mitgemacht und ich habe mich bewährt. Mama war zufrieden mit mir und Herr Küttel offenbar auch. Er verschaffte mir Arbeit bei der Ciba.

Am 6. September 1937 war mein erster Arbeitstag. Als Kind hatte ich die Fabrik von aussen beobachtet, hörte, dass da Farben gemacht werden, eine faszinierende Vorstellung.

«Heute sind wir zweifellos die grösste Firma der Stadt», sagte Herr Küttel oft. Nachdem ich die Probezeit bestanden hatte, durfte ich ihn duzen, Felix.

Tag für Tag fuhr ich über die Johanniterbrücke. An der Feldbergstrasse stellte ich das Rad ab. Im Schaufenster von «Aquarium Fischer» schaute ich, ob die exotischen Zierfische zu sehen waren. Dann schlich ich weiter, in mein altes Viertel hinein, das Klybeck, wo ich als Laborbursche arbeitete.

«Du hast Hände, wir ein Gehirn», ranzte mir ein Chemiker in der ersten Arbeitswoche zu.

Sie hatten weisse Schürzen, benutzten separate Toiletten. Ich stand am Waschtrog, in der Naphtholdruckerei reinigte ich Gläschen, Ventile, Röhrchen, stundenlang. Durch meine Hände gingen Langhalsrundkolben und anderes, das mehr wert war als mein ganzes Erspartes.

Die Arbeit war beileibe kein Spass, aber ich hatte offene Augen, beobachtete, wie kunstvolle Apparaturen zusammengefügt wurden, merkte mir, was eine Sublimation war, eine Destillation, das Titrieren, das Filtrieren, die Messung der Farbstoffe mit dem Kolorimeter. Das alles interessierte mich. Die Welt der künstlichen Farben machte mich bald recht heiter.

So bin ich also zurückgekehrt in das Quartier meiner Kindheit. Lange noch hatte ich Angst, dort meiner Vergangenheit zu begegnen. Hinter jeder Ecke schienen Geister zu lauern. Leo und die andern Jungkommunisten, verkappte Nazis aus meiner alten Schule, alte Nachbarn, die meine neuen Privilegien neideten. Vor allem fürchtete ich Rosa, das kluge Mädchen mit den roten Locken. Sie hat mich nie ganz losgelassen, meine erste Liebe.

1940er
Im Capitol sieht Max
patriotische Helden,
an der Muba
bürgerliche Wohnträume

Ich war eine anständige Partie geworden

«In dreissig Minuten zurück, Streuli», sagte der Herr Doktor. «Dann will ich die korrekte Formel hören.»

Er hatte über die Brille geguckt und mit seiner knochigen Hand energisch gewedelt. Hin und her, von der Färbereistrasse zur Fabrikporte musste ich laufen. Eine Schande sei das, hatte er noch gesagt, es sei nicht irgendein Farbstoff, sondern Fuchsin, Herrgott.

Ich ging an den anderen Lehrlingen vorbei. Eggenberger grinste, auch er hatte gestern gezecht, zusammen mit Meier und Höglin, der eine Platte von Glenn Miller aufgelegt hatte. Den Strohrum verdünnten wir je länger, desto weniger.

Ich kämpfte gegen das Übergeben an, blickte zu Boden, hoffentlich sah mich keiner.

«Streuli, von Ihnen erwarte ich mehr», hatte er noch gesagt. Es war mir wirklich nicht recht, den Herrn Doktor zu enttäuschen. Er war mein Förderer, er hatte gesagt, ich tauge zu mehr als zum Abwasch des Geschirrs. Dank ihm konnte ich im Frühling 1943 bei der Ciba die Lehre zum Laboranten beginnen.

Laborant, ein ganz neuer Beruf sei das, sagte er damals, einer mit Zukunft. 1944 hatten in den Labors der Ciba die ersten Lehrabschlussprüfungen der

Schweiz stattgefunden. 1946 war mein Jahrgang an der Reihe, sofern uns der Swing und der Schnaps nicht noch vom Weg abbrachten.

Es war eine Fangfrage gewesen, der Herr Doktor wusste, dass ich das weiss. Fuchsin war der erste Farbstoff, der in Basel synthetisch hergestellt worden war. Das war Ende der 1850er-Jahre gewesen, die Grundlage der Basler Chemie.

Das wusste ich, natürlich, selbst in meinem jämmerlichen Zustand.

Aber in welcher Verbindung bringen Atome diese Farbe hervor; Fuchsin, das Anilinrot, dieses Magenta mit Blaustich?

Ich konnte wirklich nicht mehr klar denken. Eggenberger hatte gut lachen, der verträgt den Schnaps, auch im Militär zählte er zu den Trinkfesten. Während unserer Lehrzeit endete der Zweite Weltkrieg. Nicht weit von hier sind Millionen gestorben, flussabwärts war das Elend endlos, eine Barbarei.

Vor dem Krieg war die Armee noch mein grosser Traum gewesen. Ich wollte kämpfen, mich bewähren, ich wollte ein Mann werden.

Mein Enthusiasmus hatte viel mit dem «Füsilier Wipf» zu tun, glaube ich. Alle Grossen haben da mitgespielt, auch Alfred Rasser, in einer Nebenrolle, er war noch nicht der HD-Soldat Läppli.

«Füsilier Wipf ist der Film der Schweizer Jugend», stand damals im Zeitungsinserat des Cinéma Capitol: «Seine durchaus saubere Gesinnung, das Beispiel der Kameradschaft und der Schönheit des Vaterlandes – all das kann nicht schöner und eindrücklicher mitgeteilt werden, als es hier geschieht.»

Jugendliche wie ich durften zum halben Preis in die Nachmittagsvorstellung in der Steinenvorstadt. Das war 1938 gewesen, vor dem Krieg, ein Stück geistige Landesverteidigung.

Damals konnte ich das, was ich auf der Leinwand sah, nahtlos mit mir in Verbindung bringen. Der Füsilier Wipf, das hätte ich sein können: Ein naiver Jüngling ohne Form, der denkt, er sei in die schöne Rosa verliebt (ja, Rosa, so hiess nicht nur meine erste Liebe, sondern auch die von Wipf! Zufall konnte das nicht sein). Doch plötzlich ist Krieg und der Junge muss einrücken, im Militär wird endlich ein ganzer Mann aus ihm. Unser Held findet eine Schweizerin, einfach und gütig, sie macht ihn glücklich, den Wipf – und vielleicht auch mich. Die Armee brauchte mich und ich brauchte die Armee.

So dachte ich auch noch bei der Mobilmachung im Herbst 1939. Ein halbes Jahr später zitterte ich, spürte Angst und Ohnmacht, es war nicht die Zeit, sich romantischen Träumen hinzugeben.

25000 waren aus Basel abgehauen, als sich Hitler Frankreich schnappte, direkt vor unserer Nase, im Sommer 1940. Kurz darauf rückten Eggenberger und ich ein, auch wir bewachten eine Grenze, von der wir wussten, dass sie nicht zu verteidigen war.

General Guisan hätte Basel den Nazis überlassen, das Mittelland auch, die Alpen nicht. Um die Versorgung zu sichern, wurden Felder angelegt in der Stadt, auf dem Bruderholz, der Schützenmatte, selbst im eng bebauten Kleinbasel war Anbauschlacht. Oft schallte der Krieg vom Norden her zu uns, ein paarmal sind auch in unserer Stadt Bomben niedergegangen. Aber wir sind verschont geblieben.

Eggenberger, ich und die anderen Soldaten, die bei der Ciba arbeiteten, mussten immer seltener einrücken. Die Industrie brauche uns mehr als die Armee, hiess es. Während dem Aktivdienst sah ich nicht viel mehr als Basel. Eine echte Schweizerin habe ich so halt nicht finden können. Kein Vreneli, auch das unterschied mich vom «Füsilier Wipf», dem Filmhelden meiner Jugend.

Vielleicht hatte ich ja bei Esther eine Chance. Sie kam mir bei meinem Strafgang über das Ciba-Areal in den Sinn, nachdem ich die Formel des Fuchsins zweifelsfrei erinnerte.

Feingliedrig und blond wie Anne-Marie Blanc war sie, vier Jahre jünger als ich. Vorletzte Woche hatte ich sie geküsst, flüchtig, bei einem Spaziergang in

Arlesheim. Am Sonntag würde ich sie wiedersehen, nach dem Gottesdienst Blümchen pflücken für sie, Primeln oder Narzissen, die blühten jetzt. Daran dachte ich, bevor ich ins Lehrlaboratorium ging, um die Formel aufzusagen.

«Fuchsin, C20H20ClN3», sagte ich, nachdem mich der Herr Doktor aufgerufen hatte.

Er nickte, ich ging an meinen Platz.

«Maximale Schämmer gsi, Streuli», flüsterte Eggenberger, als ich neben ihm Platz nahm.

«Max» zog er in die Länge, mein Vorname bot sich für solche Kindereien natürlich an.

Bei der LAP war ich doch wieder besser als er, Meier und Höglin. Alle vier haben wir bestanden. Im Rückblick muss ich sagen, dass der Herr Doktor wirklich recht hatte: Laboranten hatten eine Zukunft, unsere Ausbildung sollte sich buchstäblich auszahlen.

Ein Meilenstein war die Versetzung in den Monatslohn, Ende 1947, nachdem ich mein zehntes Dienstjahr bei der Ciba vollendet hatte. Als Angestellter hatte ich beim Vater von Esther schliesslich leichtes Spiel, ich hatte einen sicheren Platz in einem florierenden Grossunternehmen.

Ja, man kann es so sagen: Ich, Max Streuli, war eine ganz anständige Partie geworden.

Im Mai 1949 feierten wir Hochzeit. Kurz darauf besuchten Esther und ich die Mustermesse. An der Muba sahen wir alles, was wir uns wünschten: Besteck von Fritz Dill aus der Blauenstrasse, Möbel von Koller aus Rheinfelden, alles solid und heimelig.

Damit richteten wir uns ein, in unserer Wohnung im Bachletten. Unser Quartier war beliebt bei jungen Familien, in den vergangenen zwanzig Jahren hatte sich die Zahl der Einwohner fast verdoppelt.

Wie wir uns diese Möbel leisten konnten, fragte Höglin, als er einmal zu Besuch war. Offenbar wusste er, Junggeselle, der er war, nichts vom Darlehen für Eheschliessungen.

Mit diesen Darlehen belohnte die Ciba nach dem Krieg Hunderte für ihre Heirat. Das war der Firma viel wert: 2000 Franken erhielten Esther und ich, zinsfrei, wir konnten in Raten zurückbezahlen. Auf 200 Franken verzichtete die Firma, unter der Bedingung, dass die Frau einen Kurs in Hauswirtschaft macht. Esther erfüllte diese Erwartung selbstverständlich. Dem Arbeitgeber war es wichtig, dass die Männer nach der Arbeit ein ordentliches Heim vorfanden. Auch wir erfüllten das bürgerliche Ideal.

Mit unserer Ehe lief eigentlich alles wie gewünscht: zwei Buben, ein Mädchen, Esther musste nicht mehr in die Freie Strasse, um im Kaufhaus zu arbeiten.

Nach dem Krieg kam das Wirtschaftswunder, wir konnten uns bald mehr leisten, als wir es hätten erahnen können.

Unser Leben war eigentlich angenehm. Warum nur war es nicht unbedingt ein glückliches Leben?

1950er
Familie Streuli zwischen der Psychiatrie Friedmatt und dem prächtigen Ciba-Universum

Depression, diese Diagnose war mir neu

Die Irrenanstalt Friedmatt und die Sportanlagen der Ciba, keine drei Kilometer trennten diese Orte, die ganz in sich geschlossen waren. Es waren zwei Welten, die sich nicht berührten, wenn alles normal lief. Und doch kam es so, dass ich im Jahr 1958 binnen weniger Stunden beides gesehen habe, die Anstalt für die Verrückten und die Anlage für die Sportlichen, die Geselligen, die Gesunden.

Ich hatte sie mir anders vorgestellt, die Friedmatt, eher wie ein Gefängnis. Wobei für mich bis dahin immer klar gewesen war, dass ich, wenn ich denn hätte wählen können, lieber in eine Strafanstalt als in die Irrenanstalt gehen würde. In einem Gefängnis wie dem «Schällemätteli» hätte ich die Zeit absitzen können, hier war Endstation.

«Die Gitter haben wir vor fünf Jahren abmontiert», erzählte mir der Professor bei meinem Besuch. Er war kaum älter als ich, höflich, ja zugänglich. Gitter seien in der Psychiatrie nicht mehr nötig, Patienten seien schliesslich keine Häftlinge. Er führte mich in ein Bureau und sagte: «Ihre Gattin stösst gleich zu uns.»

Meine Frau war noch dünner geworden. Sie sagte nichts, blickte weg.

Der Professor nickte der Schwester zu, sie sind dann gegangen.

Esther brauche Ruhe, erklärte er. Sie habe nach dem Zusammenbruch fünf Tage durchgeschlafen, eine Dämmerkur. «Frau Streuli leidet an einer Depression.»

Das Wort sagte mir nichts.

«Sie haben bestimmt von der Managerkrankheit gelesen», erklärte der Professor. Die düstere, apathische Verstimmung trete jedoch nicht nur bei Geschäftsmännern, Anwälten oder Politikern auf, sondern auch bei Hausfrauen.

Nachdem ich die Friedmatt verlassen hatte, stand ich wie neben mir. Das klassizistische Direktionsgebäude in meinem Rücken, ich stieg in den Wagen, ein Würgen in meinem Hals.

Auf dem Weg zur Sportanlage der Ciba machte sich die Verzweiflung breit.

Was würde ich machen ohne Esther? Meine Frau, die Mutter von Hans, von Veronika, von Robert.

Die Fahrt hatte keine zwei Zigaretten lang gedauert. Bis zum wöchentlichen Tennismatch blieben mir zwanzig Minuten. Ich steckte eine Marocaine an und blickte in die Weite.

Abgesehen von den Sportanlagen der Ciba war da nicht viel, das Gebiet nannte man Neu-Allschwil. Einige Jahre später öffnete das Gartenbad Bachgraben, damals war die unmittelbare Nähe zu Frankreich eigentlich das einzig Bemerkenswerte neben der Ciba-Sportanlage am Baselmattweg.

Die Ciba hatte Garderoben und Duschen, Fussballfelder, eigene Klubs für Boccia und Schach, Faustball, Handball und Tischtennis, eine Damenriege, Leichtathletik. Irgendwo hatte der Cameraklub eine Dunkelkammer und an der Badenweilerstrasse gab es eine Werkstatt für Bastler. Die Firma war wie ein Universum für sich. Wir nannten uns ja auch die Cibaner.

Bald fuhr Meier vor, dann Höglin, als Letzter rauschte Eggenberger an, in seinem neuen Vauxhall Victor. Auf dem Platz traf ich die Bälle schlecht.

Meier höhnte: «Streuli, worum so zerstreut?», Eggenberger lachte.

Zwischen den Ballwechseln dachte ich immer wieder an Esther, an die Friedmatt, an den Professor.

Die Depression in all ihren Erscheinungsformen werde erst seit kurzer Zeit als Krankheit anerkannt, hatte er mir erklärt. Leider wüssten viele Ärzte den Kranken nicht mehr zu sagen, als: Jetzt reissen Sie sich endlich zusammen.

Höglin spielte elegant wie immer, ich verbissen. Unsere Punkte machten mir etwas Mut. Hoffnung gab mir vor allem eine Prognose des Professors. Just in diesem Jahrzehnt verändere sich die Psychiatrie fundamental, hatte er gesagt. Es gebe eine bahnbrechende Gruppe von neuen Medikamenten, die Psychopharmaka, auch gegen die Depression. Esther werde damit behandelt werden, dieses Medikament könne ihr Gemüt aufhellen.

Das angebliche Wundermittel hiess Imipramin, der Stoff stammte von Geigy, unserem ungeliebten Konkurrenten beim Badischen Bahnhof. Es kam dann als Tofranil auf den Markt, der Prototyp moderner Antidepressiva stammte aus Basel.

Das Mittel habe er in seiner Klinik getestet, erzählte mir der Professor. Die Resultate seien bemerkenswert. Später habe ich gelesen, dass solche Versuche meist ohne Einwilligung der Patienten gemacht wurden, egal ob in Basel, Zürich oder im Thurgau.

«Für seine Psychohämmer» habe er den Professor gescholten, steht in der Autobiografie von Urs Widmer. Die Mutter des Schriftstellers war auch in der Friedmatt, auch wegen Depressionen. Widmer war eine Generation jünger als ich, mir wäre eine solche Kritik nicht in den Sinn gekommen.

Ein Arzt, das war eine Autorität, ein Professor sowieso. Zudem glaubten wir an den Fortschritt, bedingungslos, wenn es sein musste. Tofranil, der Name dieses wundersamen neuen Medikaments, machte mir Mut, auch auf dem Court.

Im dritten und letzten Satz trug mich eine Euphorie, ich war ganz bei der Sache, mein Geist begriff alles in diesem weissen Rechteck. So gelang mir ein Punkt, den Ken Rosewall besser nicht hätte spielen können. Der Ball war knapp vor meinen Füssen gelandet, ich steckte den Holzschläger hinter dem Rücken durch, traf, mit Effet, Meier erwischte den Stoppball nicht, sein Versuch landete im Bauch des herbeieilenden Eggenberger, der noch keine vierzig war, aber einen Ranzen hatte.

Die Zwei machten keinen Punkt mehr, 1:6, 6:4, 6:0 für uns.

Nach drei Monaten konnte Esther aus der Klinik raus. Es sei ihr alles furchtbar peinlich, sagte sie.

«Nur das nicht», habe ich ihr gesagt, «nur das nicht.»

Wir hatten es dann wirklich gut, die Depression schien im Griff. Ob es Tofranil von Geigy war, das Esther heilte? Das weiss ich nicht, aber auf jeden Fall hatte der Professor recht. Das Gemüt hatte sich aufgehellt.

So konnte ich im Frühjahr 1959 mit Esther und den Kindern an das Fest zum 75-Jahr-Jubiläum der Ciba. Im Klybeck sangen unsere Chöre, die Harmoniemusik spielte, unsere Firma stand im Zenit. Der Firmenname Ciba war weltbekannt für Hormonpräparate wie Percorten oder für Serpasil, den Blutdrucksenker, den viele gestresste Manager zu sich nahmen. In Basel waren wir vor allem eins, die Grössten im Bereich der Farbstoffe.

Was wir «Altstadt» nannten, war seit dem Krieg weitgehend abgerissen worden, an der Stelle niedriger Shedhallen standen nun mächtige Blöcke. Am eindrücklichsten waren der neue Hochkamin, mit 122 Metern der höchste der Schweiz, und das Gebäude 90 direkt daneben.

Hier würden täglich etwa 45 Tonnen Eis und sieben Tonnen Salzsäure verbraucht, wie Esther und den anderen Besuchern auf der Tour mitgeteilt wurde.

«Im Gebäude 90 können wir 400 verschiedene Farben herstellen», sagte der Guide noch.

Dieses Gebäude sei so gross, dass die gesamte Entenweid-Siedlung darin Platz hätte. Also die drei Türme am Kannenfeldplatz, die ersten Wohnhochhäuser der Schweiz.

Alle waren begeistert ob solcher Dimensionen. Robert, unser Jüngster, erzählte noch wochenlang, dass Papa dort arbeitet, wo alle Farben der Welt entstehen.

«Kannst du auch diese Farbe machen, Papa?», fragte er mich, als wir das Fest verliessen und zeigte auf seinen violetten Pullover.

«Sicher, Röbi, sicher.»

Auf dem Heimweg dachte ich an etwas, das der Professor in der Friedmatt gesagt hatte. Viele seiner Patienten würden an der Hetze des Alltags leiden. Technisierung und Fortschritt seien nicht nur ein Segen, für viele Menschen bedeuteten sie eine Überforderung.

Mir schien, auch in Basel laufe das Leben schneller als früher. Die Stadt hatte gerade die Grenze von 200000 Menschen erreicht, überall wurde gebaut, gehämmert, immer mehr Autos verstopften die Adern der Stadt.

Hinter uns klingelte es, ich schaute in den Rückspiegel, sah einen Drämmlifahrer schimpfen.

Als ich von der Kannenfeldstrasse abbog, fragte ich mich zum ersten Mal, ob wir Basel hinter uns lassen sollen.

1960er

Ein Wohlstandswunder:
Exodus ins Baselbiet,
Massentourismus
via Blotzheim,
Grossfusion im Kleinbasel

Der Schnösel machte uns lächerlich

Als ich von Bottmingen nach Basel fuhr, kam mir Meier in den Sinn. Es war noch nicht so lange her, da hatte der gesagt, langsam rieche es auch bei uns nach Kuhmist. Wie bei der Sandoz. Vis-à-vis, auf der anderen Seite des Rheins, da habe bereits eine Horde Baselbieter angeheuert.

Der Scheibenwischer entfernte den Schneeregen von der Frontscheibe. Ich lächelte ob Meiers Dünkel. Jetzt, keine zwanzig Jahre später, lebten wir beide im Baselbiet.

Baselland war mehr gewachsen als alle anderen Kantone in der Schweiz. Abertausende lockten das Grün, die tiefen Steuern, die Nähe zur Stadt. Einfamilienhäuser entstanden am Laufmeter, dazu neue Schulen, Strassen, Tramhaltestellen. Die Siedlungen reichten bald nahtlos von Basel bis nach Aesch, nach Therwil, nach Füllinsdorf, über die Kantonsgrenze ins Fricktal, ins Deutsche, ins Elsass. Nach getaner Arbeit fuhren die Massen heim in die Agglomeration. Auch ich.

Wir haben 1960 ein Haus bezogen, mit Garten und Garage, in Bottmingen, einem Dorf im Wandel.

Meier war mit seiner Familie nach Münchenstein gezogen, hielt sich aber einen Briefkasten in der Stadt. Alleine deshalb, weil er sein Nummernschild mit dem Kürzel BS nicht gegen eines mit BL tauschen wollte. Wobei, 1960 sah es so aus, als ob die beiden Basel, bald eins sein würden. Auch ich hatte für den Wiedervereinigungsartikel gestimmt.

An meinem Arbeitsplatz lagen Briefe und die druckfrische Firmenzeitung, die Ciba-Blätter. Dort habe ich einmal gelesen, dass auf unserem Areal mehr als 12000 Sendungen verteilt werden, täglich. Das sei etwa so viel, wie die Post in Liestal austrage. Einmal war ein Bild von Nehru in unserer Zeitung. Der indische Premier war an der Eröffnung eines Labors der Ciba dabei, in der Nähe von Mumbai, das damals Bombay hiess. Unglaublich, wie es damals lief. Wir bauten Fabriken, Büros und Labore von Osaka bis Buenos Aires, ich fühlte mich als Teil eines Weltreichs mit Hauptstadt Basel.

Im Herbst 1962 druckten sie auch mein Gesicht in den Ciba-Blättern, daneben stand: «Nach der in Basel absolvierten Schulzeit trat Max Streuli, noch jung in Jahren, 1937 in die CIBA ein.» Mein Aufstieg vom einfachen Laborburschen zum gelernten Laboranten sei mit dem Technikum gekrönt worden, 25 Jahre nach meinem Einstieg würde ich als diplomierter Chemiker allseits geschätzt und respektiert. Meier hatte die Würdigung geschrieben, am Schluss trug er dann etwas üppig auf für meinen Geschmack: «Seine ‹Aphorismen› haben oft dazu beigetragen, dass in der ZFA eine heitere Stimmung herrscht.»

ZFA stand für Zentrale für Applikationstechnik, dort arbeitete ich. Seit einem Jahr waren wir im Neubau 411, einem imposanten Kasten an der Klybeckstrasse. Ich hatte eine Meisterkabine im Norden, wo das Licht am besten war, um Proben abzumustern. Die Farbstoffe verliessen Basel nicht ohne Gutachten der ZFA.

Meier schaute um halb 10 bei mir vorbei, so wie fast jeden Tag. Wir hatten unsere Routinen.

«Streuli, wir fliegen in den Orient», sagte er, legte fünf Einfränkler und ein oranges Blatt auf den Tisch.

«Tunesien: Zauberland und Ferienparadies», las ich.

«Schau es dir später an, habe nicht viel Zeit, muss der Neuen den Laden erklären.»

Ich legte fünf Münzen dazu und holte die alte Laborwaage, die wir zu einem Katapult umgemodelt hatten. Hüfthoch spannte er einen violetten Wollfaden durch die Kabine, dann platzierten wir unsere Töpfe im Spielfeld und ich sagte meinen Spruch, den ich von Theodor Fontane hatte: «Jeder Sprung, auch der kühnste, geglückt.»

Die Regeln unseres Spiels waren zahlreich, nur so viel: Mit einem Tritt auf die Waage versuchten wir, das Geld in den eigenen Topf zu schleudern. An diesem Tag trug ich sieben Franken davon, Meier nur drei.

«Bequeme Flugreisen mit modernen Turboprop-Maschinen ‹Dart Herald› zum afrikanischen Badestrand und zu den Dattelpalmen-Oasen», las ich auf dem orangen Blatt, nachdem Meier zu seiner neuen Stenotypistin gegangen war.

Es war ein Arrangement von Hotelplan, etwas Exklusives, nicht Benidorm, nicht Rimini, erhältlich ab 695 Franken. Das entsprach fast dem Monatslohn eines Angestellten in der Schweiz. Aber wir konnten uns das Angebot leisten, da hatte Meier schon recht. Mit Gratifikationen und Zulagen kam ich auf über 35000 Franken im Jahr. Also reisten wir nach Tunesien, das vor zehn Jahren noch französische Kolonie gewesen war.

Es war mein erster Flug, damals im Januar 1966. Mit der Basler Fluggesellschaft Globe Air, ab Blotzheim, wo 1946 der Flughafen Basel-Mulhouse eröffnet worden war. In der Zwischenzeit gab es hier zwar mehr als dreissig Mal mehr Passagiere, aber es standen immer noch lottrige Baracken neben den Pisten. Im Vergleich zu Zürich-Kloten, wo ein Teil der Tunesien-Reisenden einstieg, war unser Flughafen schäbig.

Das Meer, die Palmen, die Wüste, ein fremdes Land, Minarette, Moscheen und die Kasbah – das war alles neu und reizend, was uns aber fast am meisten beschäftigt hat, war unsere Reisegruppe. Abends, nach dem Jass mit unseren Frauen, tranken Meier und ich noch etwas weiter und fabulierten, das Spiel nannten wir «Basler Typen».

Es ging nicht lange, da hatten wir für viele eine Biografie erfunden, einige hatten auch eigene Namen. Ich erinnere mich an «Fräulein CeKa-NaNa» und «Thomy Brodmann». Im Nachhinein war unser Spass natürlich billig, aber in Tunesien haben wir Tränen gelacht, als der dickste aller Touristen beim Frühstück eine Tube Senf aus Basel hervorgezogen hat. Den Vornamen «Thomy» brachten wir dann leicht mit einem Stand an der Herbstmesse in Verbindung, dort gab es Jahr für Jahr «Brodmann's heissi Wierstli». Eine Urlauberin, die uns hochnäsig erschien, nannten wir «Fräulein CeKa-Na-Na». Wir vermuteten, dass sie gerne ein nobles CeKa-DeTe im Namen getragen hätte, so wie die bekannte Basler Familie Burckhardt. Aber diese Dame zählte nicht zum alten Patriziat, dem Basler Daig, zumindest nicht ganz, deshalb NaNa. Wir kugelten uns vor Lachen, und dichteten ihr allerlei unerfüllte Sehnsüchte an.

Zu zwei Paaren fielen uns gar keine Geschichten ein. Ich befürchtete insgeheim, dass sie über uns lachten. Ob sie mir einen Namen verliehen haben? Diese vier Gäste sahen aus wie Filmstars, waren vielleicht zehn, fünfzehn Jahre jünger als wir, um die dreissig, hätte ich geschätzt. Sie blieben uns fremd, auch wenn ich zumindest erfahren habe, was die beiden Männer so machen, im richtigen Leben. Ich sass gerade auf der Terrasse des Hotels, als sie ins Gespräch gekommen sind, einen frischen Orangensaft vor mir.

Der eine war Jurist bei Brown, Boveri & Cie, der grossen BBC aus Baden, der andere Unternehmensberater, wie er sagte. Das war ein Beruf, mit dem ich noch nicht in Kontakt gekommen war. Wie er die Basler Chemie einschätze, fragte ihn der Jurist. Die Antwort war unerhört.

«Es läuft auf eine Konsolidierung hinaus», sagte er, nippte an irgendeinem farbigen Drink und strich sich die Haare glatt.

«Einige Namen werden verschwinden, sicher Durand & Huguenin, vielleicht aber auch alle zusammen.»

Sein Gegenüber war entzückt: «Eine Megafusion?»

«Ja, oder ein Konglomerat nach amerikanischem Vorbild.»

Eine Konsolidierung sei nichts als logisch, erklärte der Berater, der auf mich wirkte wie ein Sean Connery mit Basler Dialekt. In einer so kleinen Stadt habe es keinen Platz für so ähnliche Firmen. «Damit eine Basler Megafirma mit der Konkurrenz aus den USA konkurrieren kann, müsste sie sich an Roche, Geigy oder Sandoz orientieren, aber sicher nicht an der Ciba.»

In einer langen Rede spottete er dann über uns: «Dynamisches Management finden sie bei der Ciba nicht im Ansatz, im Klybeck regieren Fürsten, man sagt, die Namensschilder an den Türen verraten den Dienstgrad des Kollegen; von Blech bis Gold.»

Die Jungen lachten unisono.

«Die Ciba hat nach dem Krieg mehr in Farbfabriken als in Forschung und Marketing investiert», erklärte der Berater und schüttelte den Kopf. «Das rächt sich jetzt. Schauen Sie sich auf der anderen Seite Roche an, mit seinen Benzodiazepinen. Kein Mittel der Welt wirft mehr Geld ab als Valium.»

Dieser geleckte Schnösel hatte Glück, dass Meier nicht da war. Der wäre explodiert. Vom Gespräch der jungen Urlauber habe ich ihm nie erzählt. Aber ich musste leider feststellen, dass etwas dran war an der «Basler Megafirma». 1969 verkündeten unsere Chefs die Fusion von Ciba und Geigy.

Ein anderer Zusammenschluss ging im gleichen Jahr schief. Neun Jahre nach der Annahme des Wiedervereinigungsartikels lehnte Baselland eine gemeinsame Kantonsverfassung ab.

Inzwischen lebten im Landkanton mehr Menschen als in Basel-Stadt. Sie hatten auch ihren Stolz, viele fanden die Städter arrogant.

Dass die beiden Kantone auf jeden Fall besser zusammengepasst hätten als Ciba und Geigy, das hätte ich dem jungen Unternehmensberater aus Tunesien gerne einmal gegeigt. In der neuen Megafirma prallten Welten aufeinander, da herrschte echte Rivalität.

Dieser Fusion hätte ich nie zugestimmt, aber uns hat ja keiner gefragt.

1970er
Ein alter Freund rettet Max Streuli vor dem Sprung in den Rhein

Fast wäre ich geendet wie Papa

Meier mochte auch nicht mehr. Die übrig gebliebenen Rüebli schob er hin und her, wir tranken Most und rauchten.

«Immer noch besser als in der neuen Kantine», sagte mein alter Freund, ganz leise.

Im verspiegelten Würfel an der Klybeckstrasse lieferten sie das Essen am Fliessband, bis zu 4000 Mahlzeiten. Wir assen im Wohlfahrtsgebäude, 1957 eröffnet am Horburg-Park, auch eine grosse Kantine, auch nicht alt, aber doch aus einer anderen Zeit, aus unserer Zeit.

«Ja, dort würde ich nichts anrühren», sagte ich und pickte ein letztes Brätkügeli aus der Sauce.

Früher hatten wir uns bereits morgens gesehen, spielten unser Spiel mit dem Katapult und den Einfränklern. Ich habe davon berichtet. Doch seit ein, zwei Jahren waren wir nicht mehr im gleichen Gebäude. Meine Meisterkabine musste ich jetzt teilen und Meier war an einem ganz anderen Ort, irgendwas mit Vertrieb, ein «interner Transfer», wie das hiess bei Ciba-Geigy, einem der grössten Chemiekonzerne der Welt, dem Produkt einer Fusion, die «Basler Heirat» genannt wurde. Doch romantisch war nichts in dieser Zeit.

«Später noch ein Bier?», fragte mich Meier zum Abschied.

Ich müsse noch etwas besorgen in der Stadt, log ich.

Anstatt zur Arbeit lief ich die wenigen Meter zum Parkhaus, vorbei an Bäumen, die Blätter waren verfärbt, bald würden sie abfallen. Früher war da der Friedhof Horburg, hinter Gräbern und Gebüsch haben wir verstecken gespielt, als ich ein Kind war, mit meinem Freund Leo. Durch die hellen Lamellen schimmerte etwas Licht auf mein Auto. Ich warf den Motor an, nahm die Kurven, bis zur Ausfahrt.

Zuerst wollte ich zu Mutter, sie war wenige Monate zuvor gestorben. Ihr Grab lag auf dem Hörnli, dem grössten Friedhof der Schweiz, auf der anderen Seite der Stadt.

Es ging vielen Menschen nicht gut damals. Nach dreissig Jahren war das Wirtschaftswunder geplatzt, man redete nur noch über die Ölkrise und die Rezession, die Arbeitslosigkeit und die Verpestung der Umwelt, den ganzen verdammten Stress.

Ich bog auf den Riehenring, dann zum Badischen Bahnhof. Die riesige Nazi-Fahne, die vierzig Jahre vorher dort hing, habe ich nicht vergessen. Habe ich davon bereits berichtet? Kürzlich wurde publik, dass das Rot, mit dem Hitler massenhaft solche Fahnen färben liess, von Geigy stammte.

Unsere neue Partnerfirma war vis-à-vis des Badischen zu Hause. Auch Tofranil, das Psychopharmaka meiner Frau Esther, kam von Geigy, wie auch Dichlordiphenyltrichlorethan, kurz DDT. Der Entdecker des Insektizids hatte dafür einen Nobelpreis erhalten, jetzt galt der Stoff als Umweltkiller schlechthin. Sowieso waren wir nicht mehr die gefeierte Zukunftsindustrie. Die Jungen in der Nordwestschweiz wollten nicht mehr alle Chemiker werden.

Die Fusion von 1970 war eine grosse Sache gewesen.

«E fusionierte Tschumpel loost sich lychter forme», hiess es an der Fasnacht. «GEIGYdiote und au CIBAnause, grad uffenander leege und sie durepause.»

Ich würde sagen, eher das Gegenteil war der Fall. Mit der Fusion identifizierten sich viele erst recht mit der Herkunft. Wir «Cibaner» beharrten auf unserer Andersartigkeit und die «Gigyaner» auf ihrer. Man blieb für sich, später gab es dann separate Vereine für die Pensionäre. Die Seilschaften hielten einiges zusammen, gaben etwas Halt, aber wir waren verunsichert.

Auch ich fürchtete, einer von der anderen Firma nehme mir etwas weg: einen Rang, etwas Geld, den Job. Die «Weltwoche» schrieb 1975 von Kämpfen um die «Machtpositionen» bei Ciba-Geigy: «Die Selbstmordrate indes soll vom Normalmass auch in jenen kritischen Monaten nicht signifikant abgewichen sein.» Bei mir war das anders, vor der Fusion habe ich nie an Selbstmord gedacht. Nun hatte ich dunkle Gedanken, sah keine Zukunft mehr für mich in dieser Welt.

Beim Grab meiner Mutter sass ich dann eine Weile. Sie lag neben Herrn Küttel, ihrem zweiten Mann. Felix, mein Stiefvater, er hatte mir Ende der Dreissiger ein Türchen geöffnet bei der Ciba. Damals waren wir keine 8000 Mitarbeitenden, mittlerweile beschäftigte Ciba-Geigy etwa 80000 Menschen weltweit.

Ich liess Blumen zurück und fuhr vom Hörnli in Richtung Breite. Kurz bevor Mama gestorben war, hatte sie mir erzählt, dass wir in diesem Quartier gelebt haben, als junge Familie, bis ich zwei war. Papa habe mich «Mini-Max» genannt. Wir sind dann ins Klybeck gezogen, Mama und ich, auch das ein armes Viertel.

Mein Vater hatte sich das Leben genommen. Ohne Stelle habe Papa keine Zukunft gesehen, hatte mir Mama erklärt. Sie fischten ihn aus dem Rhein, irgendwo unterhalb des Münsters, hat sie gesagt.

Auch in meiner Firma war es in den letzten Monaten zu Kündigungen gekommen. Der Umsatz war 1975 eingebrochen, erstmals seit ich denken kann. Die Konzernleitung erklärte die schlechten Zahlen des vergangenen Jahres mit der heftigen Krise und dem starken Franken, die Gratifikationen haben sie nachträglich gesenkt.

Die guten Zeiten waren vorbei, das schien mir glasklar, zumindest für mich, einen Farbchemiker mit traditionell-organischer Ausbildung. Ich war «zu besonderer Verfügung» freigestellt worden, erledigte dies und das. Man brauchte mich offenbar nicht mehr.

Mit diesen Gedanken fuhr ich zum St. AlbanRheinweg. Wo ich als Zweijähriger die ersten Schritte meines Lebens gemacht habe, war mir jetzt alles fremd. Ich parkierte bei der Kirche Don Bosco und irrte umher. Hoch ins Gellert, eine eigenartige Mischung aus Villen und Wohnblöcken, über den Galgenhügel, wo sie kürzlich haufenweise alte Knochen und Schädel gefunden hatten, über die Autobahn, die eine tiefe Schneise durch den Osten der Stadt zog, über die Birs, durch Birsfelden, in den Hardwald, zum Kraftwerk mit seinem gezackten Dach. Inzwischen war es dunkel geworden. Wo würde mich der Rhein wieder ausspucken?

«Max?» Ich nahm meinen Blick vom Wasser, ein Mann mit Wollmütze stand da.

Er schaute mich von der Seite an. «Ich bin's, Leo.»

Ich erinnerte ich sofort. «Leo von der Klybeckstasse?», murmelte ich.

«Jo, gnau dä.»

Dann passierte etwas, das noch nie passiert war, zumal nicht als Erwachsener. Ich weinte vor einem anderen Mann. Leo legte einen Arm auf meine Schulter. Ich solle mitkommen, sagte er.

Wir liefen flussabwärts, bei einem Fischergalgen hielt er, kramte einen Schlüssel aus dem Hosensack. In der Hütte entfachte er eine Öllampe, öffnete die Läden.

«Wie geht es Rosa?», fragte ich.

«Die lebt in Paris, hat einen Franzosen geheiratet.»

Seine Schwester war meine erste Liebe, das war in einem glücklichen Sommer gewesen, 1935.

Ich blickte hoch zum Münster, runter zum weissen Riegel von Roche. Neben dem Kinderspital ragte der Turm der Brauerei Warteck. Das Rheinknie liess das Reich Ciba-Geigy verschwinden, die grösste Firma in Basel war nicht auf der Bildfläche, nicht einmal das markante Hochhaus am Fluss war zu sehen.

«Weisst du noch, wir beim Hafenbecken, das geklaute Bier und die grosse Orange?»

«Klar», sagte Leo.

Er zückte einen Flachmann aus der Brusttasche. Es war Kirsch, tief in mir brannte das Zeug wohlig. Einen zweiten kräftigen Schluck nahm ich noch, dann habe ich gesungen, das Lied vom «Fährima», der die Menschen über den Fluss führt:

«Mir Lüt vom Rhy sind ehrlich, wenn au ruuch, starggi Windsteess mache uns nit duuch.»

Da setzte Leo ein: «Wenn's Wasser als au stinggt, wiescht isch und drieb.»

Es war unser letztes Treffen. Leo starb bei einem Töffunfall. Das erzählte mir später seine Schwester, Rosa, in die ich mich noch einmal verlieben durfte.

1980er
Ein Rentner zwischen Alter Stadtgärtnerei und Schweizerhalle

Meine Tochter glaubte an das Unmögliche

Nach Jahren der Fremdheit hatte uns Veronika eingeladen, in ihre WG im hinteren Teil des St. Johann, ein mir fast unbekanntes Viertel. Gestank ist mir in die Nase gestiegen, als wir in die Wattstrasse bogen.

Es war nicht die Chemie, die ja auch hier um die Ecke lag. Deren Duftnoten kannte ich, bin damit aufgewachsen. Wahrscheinlich ein Windstoss von Norden her, dachte ich. Dort standen die Schlachthöfe von Bell und die Kehrichtverbrennungsanlage. Die Strasse, in der unsere Tochter lebte, war kurz, vor dem Haus stand ein Metalleimer, Patent Ochsner. Man konnte damals noch gratis Dinge an die Strasse stellen, der Abfall wurde dann weggeschafft.

«Mami, Papi», begrüsste sie uns.

Es war ein Frühsommertag 1984, Veronika trug eine violette Hose, eine grüne Bluse, die Haare hennarot.

Sie war eine Musterschülerin gewesen, angepasst, lieb, schüchtern, bis zur LAP. Auch da, die besten Noten, noch besser als meine, als ich bei der Ciba die gleiche Lehre abgeschlossen hatte. Meine Tochter war eine der ersten Frauen bei den Laboranten, bis in die 60er waren nur Burschen zugelassen gewesen. Dann veränderte sie sich, sie rebellierte, wie man sagte, war gegen das Establishment, für den Umweltschutz, gegen die Multis, für die Rechte der Frau.

Eine Mitbewohnerin huschte durch den Gang. Ein junger Mann mit dunklen Locken setzte sich zu uns, an den Küchentisch, über den jemand gepinselt hatte: «Seien wir realistisch, versuchen wir das Unmögliche», darunter «Che».

Wir tranken den Kaffee, den Veronika gekocht hatte, dann ging der höfliche Mitbewohner, der sich als Ste vorgestellt hatte.

«Adieu, Herr und Frau Streuli», sagte er noch, und «à bientôt, Ika.»

Meine Frau grinste, was mich überraschte. «Charmant, dieser Ste», sagte Esther. «Nicht wahr, Ika?»

Unsere Tochter schmunzelte, dann lachten wir, zusammen. Das hatten wir schon ewig nicht mehr.

Die Besuche bei Veronika wurden regelmässig, ich ging gerne in das St. Johann. Es erinnerte mich an das Klybeck meiner Kindheit, beide Viertel standen ganz unten im sozialen Gefüge der Stadt.

Neben Veronika lebten viele Ausländer, man hörte Sprachfetzen. Ich erkannte Italienisch und Spanisch, erahnte Türkisch, Portugiesisch, Jugoslawisch. Die Mehrbesseren gingen da gar nicht erst hin. Auch ich war diesem Milieu eigentlich fremd, hatte ich doch in der Chemie gutes Geld verdient. Es reichte für ein Haus in Bottmingen, zwei Autos und exotische Reiseziele. Wir waren Bourgeois, also das Feindbild meiner eigenen Jugend.

Auch ich habe Marx gelesen, bin am 1. Mai durch die Stadt gezogen, hatte eine Romanze mit Rosa, der schönsten Kommunistin des Viertels. Davon habe ich ja bereits erzählt. Meine Frau wusste nichts davon. In der WG unserer Tochter war ich kurz geneigt, alle mit meiner rosa-roten Vergangenheit zu überraschen, aber das wäre peinlich geworden, befürchtete ich. Erinnerungen haben ein Eigenleben, und so behielt ich Rosa, Marx und die Revolution für mich.

Später hat uns Veronika einmal die Alte Stadtgärtnerei gezeigt. Der Ort war Stadtgespräch, Sehnsuchtsort und Bürgerschreck zugleich. In glasigen Gewächshäusern malten, bauten, musizierten Menschen. Einer arrangierte altes Zeug, Dosen, ein Lenkrad, alte Tafeln, verdrahtete alles.

«Hey Ika», grüsste er, eine Selbstgedrehte im Mundwinkel.

Unsere Tochter kannte viele hier. Von einer, der sie zugenickt hatte, sagte sie leise, das sei Toya Maissen gewesen, die beste Journalistin der Stadt, von der «AZ». Diese Zeitung kaufte ich mir dann ab und zu, heimlich, im Gundeli.

Die Frau am Kiosk schob mir die Arbeiterzeitung diskret unter den «Sport».

Die Frau, die wir gekreuzt hatten, schrieb über Themen, die in der bürgerlichen Presse gerne kleingehalten wurden: Homosexualität, Anti-AKW-Proteste in Kaiseraugst, HIV und AIDS, Armut in einem reichen Land. Und von der grossen Katastrophe, die Basel kurz nach unserem Besuch der Stadtgärtnerei erschüttert hat.

«An Allerheiligen 1986 heulten nachts in der Region die Sirenen auf», protokollierte Maissen und folgerte: «Das Glück zwischen Basler Chemie und

Basler Bevölkerung stürzte im Flammenmeer von Schweizerhalle in sich zusammen.» Die Sirenen, der Gestank, der tiefrote Fluss, die toten Fische darin, die Trauer und Wut, die Demonstrationen, das hat mich tief berührt. Und ich fragte mich: War ich mitschuldig an Schweizerhalle?

Zu meiner Verteidigung hätte ich sagen können: Ich war 1986 nicht mehr Teil der Basler Chemie. Vor fünf Jahren hatten sie mich pensioniert, frühzeitig, mich, den alten Farbchemiker, brauchte man nicht mehr bei der Ciba-Geigy. Und sowieso passierte die Katastrophe bei der Sandoz, dem Chemiekonzern mit Sitz im St. Johann, einem Konkurrenten. Zudem explodierten Fässer mit Pflanzenschutzmitteln, 1351 Tonnen davon verbrannten. Mit Agrochemikalien hatte ich wirklich nie etwas zu tun gehabt.

Aber ich wusste, das Gegenteil war auch wahr.

Man konnte das Unheil kommen sehen. Die Farbnoten im Rhein, die penetranten Gerüche, das gehörte dazu in Basel. Und es gab Unfälle, immer wieder, auch in meiner Firma. Bräunliche Harzteppiche auf dem Fluss, Schwefel-Gas-Wolken, Explosionen mit Verletzten. In meiner Generation galt das als Preis für Fortschritt und Wohlstand. Die Jungen sahen das anders und uns Alte packte an Allerheiligen 1986 der Schrecken.

Ich glaube, Schweizerhalle und das junge Leben, das ich in der Alten Stadtgärtnerei gesehen hatte, machten etwas mit mir. Mehr denn je spürte ich den Wunsch, mich auszudrücken, und so habe ich angefangen zu malen. Zunächst geometrische Flächen, auf die ich Farben auftrug, die ich selbst mischte. Damit kannte ich mich ja aus, als Farbchemiker. Später machte ich Collagen, eine Ausstellung über Jasper Johns im Kunstmuseum hatte mich 1989 auf die Idee gebracht. Als Leinwand für meine Farben arrangierte ich Papier, dem einst Prestige und Wert beigemessen wurde: meine Bände der Ciba-Rundschau, Stapel mit Seiten, die ich aus der National-Zeitung gerissen hatte, den Gattermann, die Bibel des organischen Chemikers. Nun stand das alles für eine verschwundene Welt. Wenn ein Bild fertig war, legte ich es in eine Mappe aus Pappe.

«Nicht die Niederlagen sind unser Untergang, sondern die Auseinandersetzungen, die wir nicht geführt haben», hatte ich auf die Mappe geschrieben.

Den Satz hatte ich bei einem Besuch im St. Johann gelesen, er prangte an der Alten Stadtgärtnerei, kurz nachdem die Polizei im Juni 1988 das Areal geräumt hatte.

Mein Werk blieb schmal und dilettantisch, es ist bis heute mein Geheimnis. Nur Esther habe ich einige Bilder gezeigt.

Am besten gefiel ihr der türkise Rhombus, gemalt auf Seiten aus «Dr Glai Nazi», so hiess die Kinderseite unserer Tageszeitung, vor der Fusion zur Basler Zeitung.

«Im Herzen bist du halt doch ein Künstler, Max», sagte meine Frau, «e wohre Kinschtler.»

Was werden wohl unsere Kinder von der Mappe mit meinen Bildern denken, wenn ich einmal nicht mehr bin?

Hoffentlich kann Ika etwas damit anfangen.

1990er
Ein alte Liebe taucht wieder auf und die Globalisierung verunsichert das Dreiländereck

Die Männerrunde war meine Tarnung

Sie trug ein Foulard, rot wie die Fahne der Kommunistischen Partei. Wenn ich richtig rechnete, war sie 72, zwei Jahre älter als ich. Ein halbes Jahrhundert war es her, und jetzt sass sie plötzlich da, Rosa, im Cheval Blanc in Diefmatten, einem der Dutzenden dörflichen Gasthöfe im Elsass, die nach dem weissen Pferd benannt sind.

Erst kurz vor dem letzten Gang ist sie mir aufgefallen. Es war die Form ihrer Augen, die ich erkannte, glaube ich. Zudem hatte ich gehört, dass Rosa nach Frankreich gezogen sei. Und dieses Rot trug sie schon damals, als wir uns geliebt haben.

Ich war mit meiner Männerrunde da, die immer noch die gleiche war wie je: Meier, Höglin, Eggenberger und ich. Zusammen haben wir die Lehre gemacht, nun waren wir Pensionäre, alte Männer, die sich alle zwei Wochen zum Nachtessen trafen. Am liebsten waren mir die Ausflüge über die Grenze, in das Elsass, wo die Welt etwas weiter und wilder schien.

Elsässer waren beliebt in Basel, auch als Arbeiter bei der Ciba. «Es handelt sich hier um die bodenständige Bevölkerung der umliegenden elsässischen Dörfer bis hinauf nach Ferrette und hinunter nach Mulhouse», hiess es Mitte der 60er-Jahre in einer Note unserer Personalabteilung. Grenzgänger aus Deutschland dagegen seien grossspurig und zu meiden. Auch Italiener stellte man bei uns nur zögernd ein. Sie galten in der Grenzstadt, die sich gerne offen gibt, als schwer integrierbar.

Auch an diesem Abend sprachen wir vier über unsere alte Firma, die seit einiger Zeit Ciba-Geigy hiess.

«Die sind auf dem Absprung», kommentierte Eggenberger und biss in die Gänsestopfleber.

«Sandoz investiert bereits lieber in Irland als hier», ergänzte Meier. «Basel ist ein unmögliches Pflaster geworden, jetzt haben uns die Linken auch noch die Gentechnologie verunmöglicht.» Er meinte damit das verhinderte Biotechnikum, gegen das es Einsprachen gab. «In Basel wird man schon noch merken, was ohne Chemie ist, nämlich nichts und nochmals nichts.»

Auch Höglin stimmte in den Abgesang ein, der das Menu «La Fête» begleitete. «Es sind ja schon fast alle weggezogen», meinte er. Binnen dreissig Jahren sei die Zahl der Einwohner um fast 50000 gesunken, bald überhole Genf Basel als zweitgrösste Stadt, rechnete er vor. Und Zürich sei uns längst entrückt.

«Dräggs-Ziircher», fluchte Meier hilflos.

Ich hielt mich zurück, aber auch ich machte mir Sorgen. Die Arbeitslosigkeit im Kanton war seit der Zeit vor dem Zweiten Weltkrieg nie mehr so hoch gewesen. Es herrschte Verunsicherung, alle sprachen von Strukturwandel und Globalisierung. Nach dem Nein zum EWR standen wir nun alleine da in Europa. Beide Basel hatten Ja gestimmt, auch ich. Meier machte die Abstimmung besonders grantig. Er zählte zu jenen, die aus Protest einen OWR wollten, den Oberrheinischen Wirtschaftsraum.

Es folgten Pot-au-feu, Fisch, das Rindsfilet à la Bordelaise an einer herrlichen dichten Rotweinsauce. Nach dem Käse steckte uns die Wirtin die Dessertkarte vor die Nase. Grimmig lief sie davon, nachdem Eggenberger sie angepflaumt hatte, die Tartelette sei doch Teil des Menus, die Karte könne sie wieder einpacken. Ich schaute der Wirtin nach, und da erkannte ich sie, Rosa.

Immer wieder guckte ich, bis ich mir sicher war. Als die alte Bekannte aufstand, folgte ich ihr in den Gang.

«Rosa?», frage ich.

«Oui?» Wir schauten uns an.

«C'est moi, Max. Max Streuli aus dem Klybeck.»

Sie schlug die Hände zusammen und lachte auf.

Meinen Freunden habe ich nichts von der Sache erzählt.

Zwei Wochen später waren wir in Riehen verabredet. Ich hatte die Franziskuskirche vorgeschlagen, das schien mir nicht der schlechteste Ort, wenn man unerkannt bleiben wollte. Nirgends war der Anteil an Konfessionslosen höher als in Basel-Stadt. Im Rückblick ist der Bedeutungsverlust der Kirchen eine der wenigen Konstanten meiner Zeit auf Erden.

Rosa trug eine Sonnenbrille, das rote Tuch hatte sie über die Haare gebunden, sie erinnerte mich an eine Agentin.

Wir liefen los, über die Weiden, entlang von Hecken mit hellgrünen Blättern. Vorbei am Grund, wo wenig später die Fondation Beyeler gebaut wurde, hinunter zur Wiese, einen Steinwurf entfernt von Deutschland.

«Es war etwa hier, mon cher», sagte sie.

Ich lächelte verlegen, und dachte, woran ich in all den Jahren ab und zu gedacht habe. Rosa im Gras, am Rauchen, ganz nah. Am Denken und Sprechen, eloquent wie die grosse Luxemburg.

Das Wasser rauschte, und der Tüllinger Hügel stand still da, ein Zeuge unserer Geheimnisse.

Wir trafen uns dann oft vor meinen Treffen mit der Männerrunde, einmal in Lörrach, einmal in St-Louis, mehrmals in Riehen. So musste ich meine Frau nur halb anlügen.

Nachher ging Rosa manchmal in die Stadt, um ihren Enkel zu suchen. Er sei nur noch Haut und Knochen, erzählte sie später, hinke und bettle, lebe von Schuss zu Schuss. Oft fand sie ihn am Ueli-Gässli oder vor dem Gassenzimmer an der Spitalstrasse. Das Elend der Drögeler war damals an vielen Orten sichtbar. 1994 nahm Basel am ersten Pilotprojekt zur kontrollierten Heroinabgabe teil. Ob es Rosas Grosskind half, weiss ich nicht.

Rosa hat mich versetzt oder es ist ihr etwas passiert. Auf jeden Fall wartete ich am Tag der nächsten Männerrunde vergeblich auf sie. Es war der 7. März 1996, ein Tag der bösen Überraschungen.

Nachdem ich eine Stunde gewartet hatte, ging ich in eine Beiz im Rosental, drei Grosse später ging ich weiter in die Innenstadt.

Meier und Eggenberger sassen schon im Gambrinus, Höglin war da bereits nicht mehr mit uns. Er ist an einem Herzinfarkt gestorben.

«Novartis, Streuli, Novartis, gopferdammi!» Eggenberger war ausser sich. «Was soll das sy?»

Sie erzählten mir, dass unsere alte Firma, die Ciba-Geigy, mit Sandoz fusionieren werde. Es sei der grösste Firmenzusammenschluss aller Zeiten, sagten sie in den Medien.

«Das ist etwas Neues», antwortete ich. «Das verstehen wir Alten nicht.»

Das Gambrinus an der Falknerstrasse schloss wenig später, und Novartis widmete sich den Life Sciences. Was auch immer das sein sollte. Auf jeden Fall nicht Farbchemie, die mich mit meinen Freunden verbunden hat.

Höglin war tot, wenigstens blieben mir Meier und Eggenberger. Rosa dagegen war weg. Sie war so unerwartet aus meinem Leben verschwunden, wie sie wieder aufgetaucht war. Damals, im Elsass, im Cheval Blanc, mit ihrem roten Foulard.

2000er
Streuli erlebt eine magische Nacht mit den beiden Yakins

Mein Sohn fragte, welches F ich am meisten liebe

Mit 81 erlebte ich eine jener magischen Nächte, von denen die Stadt bis heute zehrt. Das war im November 2002, ein Geschenk von Hans, meinem ältesten Sohn. Wann war ich das letzte Mal im Stadion gewesen? Irgendwann in den 70ern, die Ära Benthaus. Für meine Rückkehr hatte Hans gute Plätze aufgetrieben, Höhe Mittellinie.

«Wie siehst du die Chancen?», fragte ich vor dem Spiel.

«20 Prozent», sagte er.

«Nur?»

«Das ist Liverpool, Papa. Liver-pool!»

Nach wenigen Sekunden stand es 1:0 für uns, wir fielen uns um den Hals. Dann 2:0, dann das 3:0 durch Atouba, der so unbekümmert spielte, dass ich bei jedem Ballkontakt wie von Sinnen war. Er dribbelte vor dem eigenen Tor, es gelang, alle jubelten.

Noch nie hatte ich eine Menschenmenge erlebt, die so aufgeladen war. Auch ich, altes Männlein, das ich war, fluchte wüst über diesen Smicer, den Leader der Briten. In der Pause brachte mir Hans ein Bier und eine Wurst.

«Wie geht es den Kindern?», fragte ich.

«Mats ist auch hier, in der Muttenzerkurve. Olivia musste in die Kur, wieder.»

Wir assen, ich fragte nicht nach, wollte die Stimmung nicht verderben und wusste keinen Rat. Immer mehr Mädchen wollten nichts mehr essen, hatte ich neulich in der Zeitung gelesen. Die Magersucht habe ich nie verstanden.

«Wunderbar, dieses Stadion, nicht?», sagte Hans kurz vor Wiederanpfiff.

Der St. Jakobspark war prächtig, eine andere Liga als das alte Joggeli oder der Landhof. Zum Stadion im Kleinbasel bin ich als Junger manchmal gelaufen, an der Peter Rot-Strasse konnte man durch eine Bretterwand spähen, vom Spiel sah ich aber nie viel. Als ich jung war, war der FC Basel keine grosse Nummer. Erst 1953 wurden sie Meister, jetzt spielte der Verein in der Champions League.

In der zweiten Halbzeit kam Liverpool auf 2:3 ran, und dann machte ausgerechnet Murat Yakin einen Fehler. Er und sein jüngerer Bruder Hakan waren die besten Spieler des FCB, das musste jeder erkennen, von blossem Auge. Sie spielten anders, raffinierter, so wie nur geborene Spieler spielen. Die beiden Basler mit türkischen Vorfahren spürten den Raum, sie sahen Möglichkeiten voraus, die allen anderen unbekannt geblieben wären.

«Muriii, nei», rief mein Sohn noch während der Aktion.

Der Captain wollte tackeln, rutschte aber stümperhaft durch den Strafraum und stoppte den Ball mit der Hand. Penalty, 3:3. Aber das reichte, der FCB schaffte die nächste Runde. Grosser Jubel, lachend liefen wir mit der Menge raus.

«Welches der drei Basler F bedeutet dir eigentlich am meisten?», fragte mich Hans noch, bevor wir uns verabschiedeten.

Ich verstand ihn nicht: «Welche drei F?»

«Kennst du den Witz nicht? Hinter Basel stehen die drei grossen F: Fussball, Fasnacht und Farma.»

«Aha, so, Pharma, mit grossem F.»

Ich lächelte, und antwortete: «Fussball, hösch.»

Aber eigentlich war ich nicht sicher. Die Pharma hatte etwas mit meinem früheren Beruf zu tun, obwohl sie für uns Farbchemiker auch ein Feindbild war. Aber ohne die Pharma ging in Basel wenig, der Bankberater hatte mich längst überzeugt, dass Roche und Novartis gute Anlagen sind.

Letztlich stand ja auch hinter dem Erfolg des Fussballklubs die Pharma. Ohne Gigi Oeri keine Champions League, so viel stand fest. Aber das hörten viele nicht gern, vor allem die Männer.

Aber abgesehen vom Geld, was bedeutete Basel die Pharma? Im Gegensatz zu ihr berührte der Fussball die Menschen. Hier war man gleich gut und dann besser als die verhassten Zürcher. Zu diesem neuen Stolz passte, dass mit dem Bau des Messeturms nun auch das höchste Haus in Basel stand.

Und doch habe ich den FCB nie so geliebt wie viele in der Stadt. Wenn ich schlagfertig genug gewesen wäre, hätte ich meinem Sohn geantwortet: «F wie Federer.» Der hatte damals noch keinen Grand Slam gewonnen, aber ich liebte sein Spiel bereits über alles. Wenn die Sonne brennt, trage ich noch heute gerne die weisse Kappe mit dem geschwungenen RF-Logo.

«Und welches ist dein liebstes F?», fragte ich meinen Sohn nach dem triumphalen Unentschieden.

«Heute ist Fussball König», sagte er, «aber eigentlich schon die Fasnacht. Nichts berührt mich tiefer.»

Einige Monate später ging ich ein letztes Mal an den Morgenstreich. Dieser Moment, in dem es bald ganz dunkel, bald erleuchtet, bald alles in Bewegung ist, der hatte auch für mich etwas Magisches.

Esther und ich sind am Spalenberg gestanden, suchten und fanden die Clique unseres Sohnes. Die Märsche waren meine Sache nicht, aber ich bewunderte die Leidenschaft von Hans und seinen Freunden, und ich fragte mich, was sie hinter ihren Larven fühlten.

In einem Essay über die Fasnacht hat Alain Claude Sulzer geschrieben, die Maske mache frei. «Vor allem frei zu denken, wozu die Zeit sonst fehlt oder nicht reif ist.»

Als ich das gelesen habe, dachte ich an die Antwort, die mir mein Sohn in jener magischen Nacht gegeben hat. F wie frei, wer wollte das nicht sein?

2010er

Während der
Pandemie schreibt
Max Streuli
seine Memoiren
und gibt
etwas weiter

Mein Enkel fuhr mich im Gross-Papa-Mobil

Ob Renato das rote Käppi noch trägt, jetzt mit vierzig, als Familienvater?

Vor der Pandemie hat er mich oft abgeholt, hier im Altersheim neben dem Bahnhof. Er wolle mich in Bewegung halten, hat mein Enkel einmal gesagt. Und gestern am Telefon: «Mach dich auf alles gefasst, Grosspa.»

Also warte ich jetzt in meinem Zimmer, vor mir steht ein Bild von Esther, eine Fotografie mit gezacktem Rand, sie ist jung und fröhlich und schön. 2013 ist meine Frau gestorben. Kurz darauf bin ich umgezogen, von Bottmingen zurück nach Basel, vom Haus ins Heim. Kinder und Grosskinder haben dann gut zu mir geschaut, jeder auf seine Weise, auch Renato.

Renato hat Jahrgang 80, fährt einen Volvo Kombi mit bequemen Sitzen und raucht. Auf einer Ausfahrt hat er mir einmal davon angeboten, das war auf dem Gempen. Ich war schon 90, musste husten und spürte ein Kribbeln in den Füssen, mehr nicht.

Auch das Internet hat er mal mir gezeigt, etwas mit Bildern von jungen Menschen am Tanzen und Posieren. Das heisse «Festzeit», hat er mir erklärt. Ich habe nicht verstanden, was das bringen soll, andererseits erkannte ich da schon einen Sog. All diese Bilder, die knappen Kleider und die kurzen Kommentare, da schaut man halt hin.

Unsere bislang letzte Tour ging ins Klybeck, das Quartier meiner Kindheit und meines Arbeitslebens. Es war ein Tag im Spätsommer, und Renato hatte sich etwas Besonderes überlegt. Wir fuhren fast bis zur Grenze. Vor einer Garage hielt er an und tippte etwas in sein Handy. Kurz darauf öffnete sich das Tor und eine Art Go-Kart erschien.

«Voilà, das Gross-Papa-Mobil»», rief er und lachte schelmisch. Er spöttelte manchmal, weil ich Katholik geblieben bin. Nun setzte er sich an das Lenkrad des seltsamen Gefährts.

«Ich möchte alles sehen, wovon du mir erzählt hast», rief Renato.

Dann kutschte er mich herum wie ein Chauffeur den Papst.

Hoch zum Zoll Otterbach fuhren wir, entlang der Wiese, wo ich zum x-ten Mal erzählen musste, wie wir damals die Hitlerjugend in die Flucht geschlagen haben. Wir fuhren am Tierpark vorbei, unter der Autobahn durch, zur alten Thomy-Fabrik.

Im Klybeck wurde ich wehmütig. Der 122 Meter hohe Kamin war ebenso weg wie das Schloss Klybeck und die Mietskaserne, in der Mama und ich gelebt haben. Nichts war geblieben, nicht einmal der Name meiner Ciba oder wenigstens von Ciba-Geigy.

Auf dem Klybeckquai stellte Renato den Wagen ab. Ich war überrascht, wie viele Menschen es plötzlich hatte. Früher war der Rhein keine Flaniermeile, jetzt schienen alle an den Fluss zu wollen, auch hier, am Ende der Stadt, unweit des Dreiländerecks. In einfachen Holzhütten servierten junge Menschen Getränke, der Ort war voller Leben, einige sprangen von Pfeilern in das Wasser.

«Das ist eine Zwischennutzung», erklärte Renato, «wenn sie Rheinhattan bauen, müssen die Bars und die Menschen weg.»

«Rheinhattan?»

«Ja, Grosspa, hast du nicht von den Hochhäusern gehört, die sie in den Rhein bauen wollen? Von der Idee einer Insel sind sie weggekommen, glaub ich. Aber es wird so kommen: Luxuswohnungen für Reiche, die Armen werden verdrängt. Gentrifizierung heisst das.»

«Gentri-fizier-ung», das war eines dieser neuen Wörter, die ich nicht ganz verstand. Aber ich sagte nichts.

Renato fluchte derweil weiter. Basel sei kleingeistig, aber baue gigantisch.

«Der Messe-Riegel, die Roche-Monster, der Kasten beim Bahnhof.»

Mein Enkel zog an der Zigarette, dann fasste er die Stadtentwicklung in einem Dreisatz zusammen: «Für jeden Manager, der in einem der neuen Türme arbeiten wird, müssen fünf Familien das Kleinbasel verlassen, weil sie die Mieten nicht mehr zahlen können.»

«Entschuldige», sagte er sanft. Renato legte einen Arm über meine Schulter und drückte vorsichtig.

«Erzähl lieber etwas von früher, alter weiser Mann.» Ich war nicht sicher, ob er weiser oder weisser gesagt hat.

Während der Pandemie hatte Renato ab und zu angerufen. Er fehle mir, habe ich am Schluss immer gesagt, und das stimmte.

«Du mir auch», sagte er, und immer wieder bat er mich: «schreib dein Leben auf, Grosspa, bitte.»

Das habe ich hiermit getan. Das heisst: Ich habe es versucht. Erinnerungen sind heimtückisch, immer wieder lügen sie sich selber an.

Nach diesen Zeilen höre ich auf. Oft dachte ich beim Schreiben an die Menschen, die mich begleitet haben, an Mama und Herrn Küttel, an Esther, an Rosa und Leo, Meier, Eggenberger und Höglin, an Hans, Ika und Robert, den Vater von Renato.

Ohne sie wäre meine Stadt eine andere, ohne sie war ich isoliert. Aber ich war nicht einsam in dieser merkwürdigen Zeit, in der alle das Virus fürchteten.

Ich habe gelesen und wiedergelesen, ab und zu kam Post, Anfang Jahr die Karte von Renato und seiner Partnerin Samira. Sie verkündete die Geburt meines Ur-Enkels. Er heisst Max, wie ich.

Das rührte mich. Vielleicht kann ich ihn heute sehen. Sicher fährt mich Renato zu ihm. Sonst sag ich ihm, dass ich mir das wünsche.

Morgen werde ich 100 Jahre alt sein. Doch das ist jetzt nicht wichtig.

Es klopft, es geht los. Ich ziehe mich am Rollator hoch und schlurfe zur Türe, ziehe die Maske über die Nase. Ich bin geimpft, zwei Mal, mit Pfizer, ich kann raus, in die Stadt und über sie hinaus.

Eine Fahrt, nur eine letzte Fahrt noch. Dann ist gut.

Quellen und weiterführende Literatur

1920er-Jahre

Hans Bauer: Basel, gestern-heute-morgen, Hundert Jahre Basler Wirtschaftsgeschichte (1981).

Paul Hugger: Kleinhüningen, von der «Dorfidylle» zum Alltag eines Basler Industriequartiers (1984).

Christoph Manasse: «Strukturwandel und Neuorientierung der Gasindustrie in der Zwischenkriegszeit unter Berücksichtigung des Gaswerks Basel», in: Basler Zeitschrift für Geschichte und Altertumskunde (2005).

Franziska Schürch, Isabel Koellreuter: Heiner Koechlin 1918–1996, Porträt eines Basler Anarchisten (2013).

Roman Wild: «Frau Mode ist launenhaft: Überlegungen zum Niedergang der Basler Seidenbandindustrie in den 1920er Jahren», in: Köhler, Ingo; Rossfeld, Roman. Pleitiers und Bankrotteure (2012).

Verein Industrie- und Migrationsgeschichte der Region Basel: http://www.imgrb.ch.

1930er-Jahre

Theobald Baerwart: Im Morgenrot. Glaibasler Erinnerungen (1929).

Bernhard Degen: Arbeitslosigkeit, in: Georg Kreis und Beat von Wartburg (Hg.), Basel (2000).

Heiko Haumann, Erik Petry, Julia Richters (Hg.): Orte der Erinnerung, Menschen und Schauplätze in der Grenzregion Basel 1933–1945 (2008).

Benedikt Pfister: Die Katholiken entdecken Basel (2014).

Balthasar Stähelin: Völkerschauen im Zoologischen Garten Basel (1993).

Staatsarchiv Basel-Stadt: Basler Vorwärts und A-Z Arbeiterzeitung.

Charles Stirnimann: Die ersten Jahre des «Roten Basel» 1935–1938 (1988).

Hermann Wichers: Im Kampf gegen Hitler. Deutsche Sozialisten im Schweizer Exil 1933–1940 (1994).

1940er-Jahre

Thomas Busset, Andrea Rosenbusch, Christian Simon (Hg.): Chemie in der Schweiz, Geschichte der Forschung und der Industrie (1997).

Firmenarchiv der Novartis AG: Ciba, PE 0/0.01, Laborantenlehre.

Fritz Grieder: Basel im Zweiten Weltkrieg 1939–1945 (1957).

Historisches Museum Basel, Alexandra Heini, Patrick Moser (Hg.): Grenzfälle, Basel 1933–1945 (2020)

Patrick Kury, Esther Baur (Hg.), Im Takt der Zeit, Von der Schweizer Mustermesse zur MCH Group (2016).

1950er-Jahre

Thomas Buomberger, Peter Pfrunder (Hg.): Schöner leben, mehr haben. Die 50er Jahre in der Schweiz im Geiste des Konsums (2012).

Firmensport Novartis: www.novartis-sport.ch.

Urs Germann: Medikamentenprüfungen an der Psychiatrischen Universitätsklink Basel, 1953–1980 (2017).

Mario König: Chemie und Pharma in Basel 1, Besichtigung einer Weltindustrie – 1859 bis 2016 (2016).

Magaly Tornay: Zugriffe auf das Ich. Psychoaktive Stoffe und Personenkonzepte in der Schweiz, 1945 bis 1980 (2016).

1960er-Jahre

Aviation Basel-Mulhouse-Freiburg: bsl-mlh-planes.net.

Alexander Bieri (Hg.): Roche in der Welt 1896–2021, eine globale Geschichte (2021).

Ruedi Epple: Bewegung im Übergang: zur Geschichte der Politik im Kanton Basel-Landschaft (1998).

Geschichte des Kantons Basel-Landschaft: geschichte.bl.ch.

Schweizerisches Wirtschaftsarchiv Basel: Ciba-Blätter und andere Drucksachen der Firma.

Tobias Studer: Wirtschaftliche Rahmenbedingungen als Determinanten des Berufsbildes des Chemikers, in: Busset, Rosenbusch, Simon (Hg.): Chemie in der Schweiz (1997).

1970er-Jahre

Rachel Carson: Silent Spring (1962).

Tobias Ehrenbold: Samuel Koechlin und die Ciba-Geigy (2017).

Paul Erni: Die Basler Heirat, Geschichte der Fusion Ciba-Geigy (1979).

Georg Kreis: Goldene Jahre und irritierende Erfahrungen, in: Georg Kreis/Beat von Wartburg (Hg.), Basel (2000).

1980er-Jahre

Martin Forter: Falsches Spiel. Die Umweltsünden der Basler Chemie vor und nach «Schweizerhalle» (2010).

Ulrich Goetz, Martin Hicklin, Manuel Battegay: Aids in Basel (2018).

Toya Maissen: Links notiert (Basler AZ-Verlag, 1992).

Claudio Miozarri, Dominique Rudin, Benedikt Wyss (Hg.): Freiraum in Basel seit 1968. (2018).

Georg Kreis, Beat von Wartburg (Hg.): Chemie und Pharma in Basel 2, Wechselwirkungen einer Beziehung – Aspekte und Materialien (2016).

Ursula Pecinska (Hg). Basel: Visionen und verpasste Chancen (2000).

1990er-Jahre

Walter Dettwiler: Von Basel in die Welt. Die Entwicklung von Geigy, Ciba und Sandoz zu Novartis (2013).

Mario Nanni: Die Geschichte der Basler Gastronomie (2005).

Otto Schmid, Thomas Müller: Heroin, von der Droge zum Medikament. Chronik zur heroingestützten Behandlung in Basel (2008).

Teamstratenwerth (Hg.): Hier & Dort, Eine Ausstellung über Basel im 20. Jahrhundert (2011)

2000er-Jahre

Christina Burckhardt-Seebass (Hg.): Zwischentöne, Fasnacht und städtische Gesellschaft in Basel 1923–1998 (1998).

Philipp Loser, Thilo Mangold, Claudio Miozarri, Michael Rockenbach: Der FC Basel und seine Stadt (2018).

Alain Claude Sulzer: Basel (2018).

Josef Zindel: FC Basel 1893. Die ersten 125 Jahre (2018)

2010er-Jahre

Basler Stadtbuch: baslerstadtbuch.ch.

Hochparterre: 113 Hektar Chancenland, November 2019.

Website zur geplanten Transformation des Klybeck: www.klybeckplus.ch

Autor
Tobias Ehrenbold ist Historiker und Projektleiter, zu seinen jüngsten Publikationen zählt «Roche in Asien und Ozeanien» (2021).
«Die Farben dieser Stadt» ist seine erste Veröffentlichung mit fiktionalen Elementen.

Illustration
Raphael Gschwind ist Illustrator und Trickfilmer.
Er ist Mitinhaber der Berrel Gschwind Lüem GmbH und
Dozent für 2D-Animation und Objektzeichnen an der ZHdK.

Redaktion
Jonas Hoskyn ist Journalist, seit 2016 Redaktor bei der bz – Zeitung für die Region Basel.
Davor arbeitete er bei der Basler Zeitung, 20 Minuten und Heute.

Gedruckt mit Unterstützung der Berta Hess-Cohn Stiftung, Basel

Alle Rechte vorbehalten
© 2022 Friedrich Reinhardt Verlag, Basel

Korrektorat: Daniel Lüthi
Gestaltung und Satz: Erich Gschwind
ISBN 978-3-7245-2595-0

Schriften: Unica77, Media77

Der Friedrich Reinhardt Verlag wird vom Bundesamt für Kultur mit einem Strukturbeitrag für die Jahre 2021–2024 unterstützt.

www.reinhardt.ch